HELOISA PRIETO

Dragões negros

2ª EDIÇÃO

DE ACORDO COM AS NOVAS NORMAS ORTOGRÁFICAS

MODERNA

© HELOISA PRIETO 2003
1ª edição 1998

 MODERNA

COORDENAÇÃO EDITORIAL Maristela Petrili de Almeida Leite
EDIÇÃO DE TEXTO Erika Alonso, Maria de Lourdes Andrade Araújo
COORDENAÇÃO DE PRODUÇÃO GRÁFICA Fernando Dalto Degan
COORDENAÇÃO DE REVISÃO Estevam Vieira Lédo Jr.
REVISÃO Estevam Vieira Lédo Jr.
EDIÇÃO DE ARTE/PROJETO GRÁFICO Ricardo Postacchini
CAPA Marina Nakada
FOTO DE CAPA Menino japonês com libélula na mão
(iconografia 1) © Robert Holmgren/Stone-Getty images
ILUSTRAÇÕES Marina Nakada
DIAGRAMAÇÃO Staf/Ana Maria Onofri
SAÍDA DE FILMES Helio P. de Souza Filho, Marcio H/ Kamoto
COORDENAÇÃO DE PRODUÇÃO INDUSTRIAL Wilson Aparecido Troque
IMPRESSÃO E ACABAMENTO Forma Certa
LOTE 751385

Dados Internacionais de Catalogação na Publicação (CIP)
(Câmara Brasileira do Livro, SP, Brasil)

Prieto, Heloisa
  Dragões negros / Heloisa Prieto. — 2. ed. —
São Paulo : Moderna, 2003. – (Coleção veredas)

  1. Literatura infantojuvenil I. Título.
II. Série

02-6233   CDD-028.5

Índices para catálogo sistemático:
1. Literatura infantojuvenil 028.5
2. Literatura juvenil 028.5

ISBN 85-16-03539-5

Reprodução proibida. Art.184 do Código Penal e Lei 9.610 de 19 de fevereiro de 1998.

Todos os direitos reservados

EDITORA MODERNA LTDA.
Rua Padre Adelino, 758 - Belenzinho
São Paulo - SP - Brasil - CEP 03303-904
Vendas e Atendimento: Tel. (0__ __11) 2790-1300
Fax (0__ __11) 2790-1501
www.modernaliteratura.com.br
2022

Impresso no Brasil

1   3   5   7   9   10   8   6   4   2

*Para Toyoko Harada, minha avó japonesa,
e Aguinaldo Farias, amigo de muitas vidas,
com muito carinho.*

Sumário

1. Segredos de família 7
2. O Pequeno Dragão Negro 19
3. Solo tropical 28
4. O caminho do meio 37

1. Segredos de família

Quando eu era menina, meu maior sonho era aprender a falar japonês. E nessa época minha família morava em São Paulo, num bairro perto do Brooklin Velho, cheio de terrenos baldios com cavalos pastando e muitas crianças correndo e brincando. Mas, mesmo com terrenos planos e gramados, poucas crianças jogavam futebol. Na verdade, na rua onde eu morava era raro encontrar crianças brasileiras. Tínhamos uma vizinha inglesa, escritora, cuja filha se chamava Rachel, minha melhor amiga. Vizinhos alemães que tinham muitos filhos e criavam cãezinhos da raça *cocker spaniel*. Vizinhos norte-americanos que tinham uma filha linda, a menina mais linda da rua, e um belíssimo cão *collie*. A casa deles era tão grande que parecia cenário de filme. Vizinhos italianos que tinham uma filha muito divertida que falava sem parar chamada Carla. Quer dizer: brincar naqueles terrenos era viajar pelo mundo e aprender muita coisa nova. E, de tanto tentar me comunicar com as crianças, fui aprendendo a falar um pouco de cada língua. Até hoje compreendo italiano, falo inglês, francês e um pouquinho de alemão, mas, como já disse, eu queria mesmo era falar japonês.

Por quê?

Bem, meus pais se mudaram para aquele bairro quando minha mãe ficou grávida de mim. Minha avó tinha morrido quando ela era bem pequena e por isso ela praticamente não tinha quem a ajudasse durante a gravidez. Nessa mesma época mamãe frequentava muito uma floricultura do bairro cujo dono era um senhor japonês. Um dia ele lhe perguntou se ela precisava de alguém que a ajudasse:

Minha mãe concordou. E foi assim que eu ganhei uma avó japonesa de presente.

Ela se chamava Toyoko e era a amiga de um amigo do dono da floricultura. Tinha cinquenta anos e viera para o Brasil com o marido, de navio. Só que tinha ficado viúva durante a viagem, porque seu marido apanhou pneumonia e não resistiu. Como ela estivesse só, triste, seus amigos acharam que seria bom se ela trabalhasse um pouco. Toyoko foi contratada por meus pais para cuidar de minha mãe durante a gravidez e ser minha babá quando eu nascesse.

Acontece que quando ela chegou em casa trazendo seu lindo *futon*, aquele acolchoado estampado que se usa no Japão para dormir, com seu rosto delicado, corpo delgado, jeito doce e elegante, minha mãe a adorou. Um mês depois e as duas já haviam se adotado mutuamente.

Quando nasci, Toyoko perdeu a paciência com as pessoas, pois elas nunca acertavam dizer seu nome, e declarou que, daquele dia em diante, queria ser chamada de Maria-san. Meu pai a convidou para vir morar conosco; então ela passou a ter seu quarto, oficina de costura e a receber amigos no final de semana, ou seja, passou a morar definitivamente conosco e foi assim que ganhei uma obasan, uma poderosa avó japonesa.

Aliás, minha avó paterna, Leonor, e ela eram amicíssimas. Maria-san apaixonou-se pelas colchas de crochê que vovó fazia e rapidamente aprendeu como tecer longas tramas de losangos multicoloridos. Porém, ao contrário dos desenhos muito organizados e até bem-comportados que minha avó gostava de montar, as colchas de Maria-san sempre tinham grandes espaços vazios, desenhos surpreendentes estampados em retalhos de tecidos que ela trazia do bairro da Liberdade, em São Paulo. Quando eu observava os desenhos que retratavam belíssimas cenas do Japão — doces jovens com suas belas sombrinhas, cerejeiras em flor —, eu ficava imaginando como teria sido Maria-san quando criança. Será que ela também brincava, tinha amigos, irmãos?

Aos poucos fui descobrindo quem era Maria-san. Tinha nascido na cidade de Osaka no início do século e, como ela vinha de uma família muito especial, repleta de segredos, sua vida foi cheia de aventuras. Esses segredos, ela nunca me contou mas eu acabei descobrindo, pelo menos em parte, e vou revelar a vocês.

Sua decisão de vir para o Brasil foi ótima para todos nós. Especialmente para mim, pois eu a adorava. Cresci comendo a deliciosa comida japonesa que Maria-san fazia questão de servir. Minha mãe sempre foi uma criatura muito delicada, pensativa, e era Maria-san, com sua silenciosa eficiência, quem resolvia tudo lá em casa. Todas as manhãs ela despertava e declarava à nossa cozinheira algo como:

— Hoje seu Luiz quer comer peixe.

Lá ia a moça preparar o peixe que Maria-san tinha cismado que meu pai queria.

Quando fui para a escola e passei a frequentar casas de crianças tipicamente paulistanas é que percebi como o ambiente em que vivia era diferente de tudo. Ninguém tinha enfeites de flores como os que Maria-san fazia lá em casa, pois quem é que conhecia ikebana, a arte milenar do arranjo de flores? Só os japo-

neses. Quem é que comia tempurá e ova de peixe no almoço? Só os japoneses. Quem é que gostava de brincar no *futon*?

Eu estava com uns nove anos de idade quando cismei que tinha de aprender japonês. Dizia a Maria-san:

— Me ensine a falar japonês, Maria-san.

E ela só respondia:

— Muito difícil.

— Então me conte um pouquinho como é o Japão...

E ela reclamava:

— No Japão não precisa lavar tanta louça. Não precisa de prato, nem de garfo, nem colher. É melhor.

E ficava por isso mesmo. Mas, quando eu entrava em seu quarto e escutava as músicas japonesas que ela gostava de ouvir, via seus livros e revistas todos impressos com uma escrita tão diferente e bonita, eu morria de curiosidade. Quando finalmente fiquei sabendo um pouco dos segredos de Maria-san, aí sim, minha curiosidade explodiu. Foi assim: um dia, o dono da floricultura apareceu para fazer visita a Maria-san, como era seu costume nos finais de semana. Só que, no lugar de sua esposa, que sempre o acompanhava, veio seu filho mais velho, de catorze anos. Meus pais tinham saído e eu estava brincando pela casa. Logo me interessei pelo menino. Ele tinha uma cara muito esperta, cheia de vida. O garoto se chamava Tomio e pediu para ver minha ninhada de cãezinhos. Eu o levei até o quintal e começamos a conversar.

— Você sabe falar japonês? — eu perguntei.

— Claro! — ele sorriu. — Por quê?

— Eu queria tanto aprender, mas Maria-san não quer me ensinar.

— É que Toyoko-san agora só quer saber do Brasil. Ela está adorando morar aqui. É estranho. Ela vem de uma família muito tradicional...

— Me conte — eu pedi.

Mas, quando ele ia me contar, seu pai o chamou e a conversa parou por aí. Fiquei louca de tão nervosa. Principalmente porque naquela mesma semana eu vi Maria-san fazer uma coisa que, para mim, foi quase inacreditável.

Bom, nós tínhamos catorze cães da raça *afghanhound*, lindos, peludos e... bravos. Uma das cadelas tinha dado cria e a outra estava bastante enciumada, sempre rodeando os filhotes, querendo brincar com eles também. Eu me lembro até hoje que foi numa terça-feira à noite. As duas começaram a brigar. Meu pai correu para o quintal e gritou, ordenando que elas parassem com aquilo, jogou água com esguicho, nada. A briga continuava e uma delas começou a sangrar. Eu desatei a chorar e minha mãe me abraçou. Maria-san não dizia sequer uma palavra. De repente, com seu corpo fininho, as mãos de dedos delicados, ela entrou no meio da confusão, calma, sem dizer

nada, enfiou a mão na boca de uma delas, apertou o canto do focinho e fez com que deixasse o pescoço da outra, terminando com a briga. Todos nós corremos para agradecer-lhe, mas, quando papai olhou para a mão direita de Maria-san, estava toda ensanguentada. Ligamos para um primo médico que trabalhava no hospital. Por sorte ele estava de plantão. Papai correu com Maria-san para que pudesse ser examinada.

Uma hora mais tarde, papai voltou e trouxe Maria--san com a mão enfaixada. Todos foram dormir, mas eu não conseguia adormecer. Tinha ficado assustada. Meus pais começaram a conversar. Prestei atenção e ouvi tudo:

— Você não sabe o que o Gilberto me contou — disse meu pai.

— O que foi? — quis saber minha mãe.

— Ele me disse que, quando foi aplicar anestésico na Maria-san para dar os pontos e fazer os curativos, ela recusou.

— Como assim?

— Ela lhe disse que anestesia não presta, sabe como ela é.

— E daí?

— E daí que ele não sabia o que fazer. Gilberto ficou parado olhando para ela.

— Ela não se tratou? — quis saber mamãe.

— Maria-san respirou fundo, depois olhou bem para ele e disse: "Agora pode costurar". Gilberto fez a sutura a seco, sem anestésico, e Maria-san não deu nem um pio, nem um suspiro. Era como se ele estivesse trabalhando numa pessoa sob anestesia geral...

Eu fiquei pensando: "Ah, então é esse o segredo: Maria--san tem o poder da mente. Eu preciso descobrir mais!". Quando chegou o final de semana, preferi ficar em casa com Maria-san a ir ao cinema com meus pais. Perguntei a ela:

— É verdade que você não quis tomar anestesia, Maria-san?

— Eu não gosto de injeção.

Isso eu conseguia entender muito bem, mas insisti:

— Mas esse dedo machucado não dói?

— Dói não. Eu trato com agulha. Agulha de ouro.

Atualmente quase todo mundo já ouviu falar de acupuntura, o tratamento de medicina oriental à base de agulhas introduzidas em pontos específicos do corpo para a cura de diversas moléstias, mas naqueles dias tudo ainda soava muito estranho, por isso fiquei louca para ver se Tomio voltava e me contava mais coisas sobre o passado de Maria-san. Na verdade, sua presença mágica, seus mistérios despertavam minha imaginação muito mais do que os contos de fadas ou livros de mistério. Naqueles tempos de menina, eu ainda acreditava que a vida era um jogo de quebra-cabeça que pode ser perfeitamente montado. Eu imaginava que, se tivesse paciência, conseguiria descobrir tudo sobre Maria-san. Quando Tomio chegou, me senti a própria Sherlock Holmes. Fui logo dizendo:

— Vem cá, vou bancar a interesseira. Se você me contar tudo sobre a Maria-san, eu te dou o cachorrinho mais lindo da ninhada. Que tal?

Ele riu e começou.

— A história da família de Toyoko-san é muito, mas muito antiga. Você nem imagina quanto. No Japão aconteciam guerras e lutas pelo poder e controle de terras. Durante essas brigas, várias famílias antigas que haviam sido poderosas perderam tudo e tiveram de se refugiar nas montanhas. Sofreram muito mas conseguiram sobreviver. Aliás, aos poucos foram acreditando que haviam se fortalecido com o poder da montanha, uma espécie de energia mágica que chamavam de *shugendo*. Como queriam reconquistar seus castelos e suas terras, começaram a desenvolver várias técnicas de lutas, armas secretas, truques para a guerra, espionagem, além de segredos de medicina. Para eles, o dragão era a força do céu, e o tigre, o símbolo da terra. Em situação de combate, o tigre representava o poder de defender o próprio espaço. O dragão, a força do movimento e dos grandes saltos. Todos esses ensinamentos

eram parte de uma filosofia que também ensinava o poder da mente. Ela se chamava *ninjitsu*, que significa "a arte de ser invisível", porque esses guerreiros eram capazes de caminhar pela noite sem que ninguém os visse.

Eu estava adorando. Naquela época a gente só conhecia os filmes do Bruce Lee, que era chinês e não japonês, e tudo aquilo era a maior novidade para mim. Pedi que ele me contasse mais coisas ainda.

— Esses guerreiros se chamavam ninjas e tinham umas armas secretas muito estranhas, como o *shuriken*, uma estrelinha com pontas afiadas que eles guardavam dentro das roupas. *Tojutsu* era a arte da luta com a espada e *kayakujitsu*, a técnica para usar bombas e armas de fogo. Mas olhe, não diga a ninguém que te contei essas coisas, porque senão meu pai pode se ofender.

Eu prometi guardar segredo. Ele continuou.

— Existe uma história na família que é demais. Sabe que, quando os ninjas queriam penetrar em território inimigo, usavam disfarces e fingiam que eram músicos, monges, artistas de rua, bêbados e até mendigos? Desde cedo ensinavam os filhos a escrever, a lutar e também a conhecer a música, a arte. Homens e mulheres. Não tinha diferença. Acontece que os ninjas planejavam a longo, longo prazo. Quando queriam descobrir os planos secretos do inimigo, davam um jeito de enviar uma garota treinada por eles para trabalhar como professora das crianças da casa. Ela prestava atenção em tudo. E, assim que tinha todos os segredos na mão, voltava para sua família ninja e contava tudo.

— E as crianças, não choravam de saudade? — eu perguntei.

— Sei lá, acho que sim — ele respondeu. — E acrescentou: — Imagine que meu pai me disse que uma parenta muito antiga de Toyoko-san foi trabalhar numa casa como espiã e professora. O senhor da casa era viúvo e ela acabou se apaixonando por ele. Já pensou que drama?

— E no fim, como foi? — perguntei.

— Ela não queria trair ninguém. Foi à noite para sua família ninja e disse tudo. Que estava apaixonada, que eles deveriam fazer as pazes, que aquela briga já durava séculos e não tinha nada a ver.

— E deu certo?

— Meu pai disse que foi igualzinho à história de Romeu e Julieta. Ela fez *harakiri*. Você sabe o que é?

— Não sei bem — respondi.

— Ela se matou cortando o ventre com uma espada curta, chamada sabre, em nome do amor. Foi uma tragédia.

— Então, no final as famílias se uniram por causa dela?

— Essa parte é diferente da história de Romeu e Julieta — ele me explicou. — É ainda mais trágica. No Japão antigo muita gente praticava *harakiri*. Era como se fosse um ritual de honra. Todo mundo achou normal. A briga entre as famílias continuou.

Eu achei tudo aquilo triste demais. Pior do que eu pensava. Comecei a entender ou, pelo menos, suportar o silêncio dos segredos de Maria-san. Será que era tudo verdade? Será que ela pertencia a uma família de ninjas? Eu nunca sabia bem se Tomio estava inventando tudo porque adorava ver como eu ficava espantada com aquelas histórias ou se as coisas tinham um fundo de verdade. Em todo caso, um dia ele me contou uma aventura bem diferente das que aconteciam no Japão antigo. Era um fato que aconteceu com um tio dele que tinha se mudado para o estado de Michigan, nos Estados Unidos. Ele o chamava de Akira, o Pequeno Dragão Negro.

Tratava-se de uma emocionante aventura e, quando terminei de ouvi-la, fiquei me lembrando das estranhas colchas de retalhos cuidadosamente montadas por Maria-san. Afinal, investigar a vida dela me levara a conhecer a história de vários outros japoneses, em lugares diferentes, em tempos diferentes. Como se uma história se enroscasse em outra, como se o fio da verdade escapasse do retalho de uma vida, formando uma trama completamente inesperada.

Bem, por falar em inesperado, vou repetir a história que Tomio me contou.

2. O Pequeno Dragão Negro

Um dia Tomio apareceu com um pequeno álbum de fotografias e me disse:

— Hoje eu trouxe essas novidades e tenho uma super-história para te contar.

As fotos tinham sido tiradas nos Estados Unidos. Mostravam uma família japonesa. Eu me interessei pelos dois jovens: uma garota sorridente segurando uma pequena cegonha feita de dobradura de papel.

— Esta é Midori quando era bem garotinha. Ela é especialista em fazer origamis, você sabe, as dobraduras de papel que ficam parecendo estátuas miudinhas — explicou. — E este aqui — disse, apontando para a foto de um garoto perto de uma quadra de esportes — é Akira, meu tio preferido, quando também era bem pequeno.

Olhei atentamente para a foto do garoto. Akira parecia magro, pequeno, cabelos espessos e tinha um rosto bem desenhado. Eu ainda observava as fotos quando Tomio começou a contar a história de seus parentes norte-americanos.

— *Esta parte da família se chama Sato. Eles também têm o mesmo símbolo que o nosso: o dragão negro. Na verdade, esse é um símbolo ninja. Você sabe, no Japão, o dragão é uma criatura do bem, símbolo da sabedoria. O dragão é negro porque age melhor à noite, protegido pelas sombras.*

Bem, quando a família toda se mudou para os Estados Unidos, a primeira coisa que fizeram, depois de finalmente encontrar um lugar para morar, foi guardar as espadas, os mantos e as faixas com a marca do dragão dentro dos baús que trouxeram do Japão. Eles viajaram de navio: o pai, a mãe, os avós, Akira e a caçula, a pequena Midori.

Meu pai me disse que, em 1954, Akira tinha doze anos. Estava aprendendo os movimentos ninjitsu *desde que tinha começado a andar. Imitava o avô, o velho mestre Onkio. Treinavam juntos, diariamente, quando o Sol nascia e se punha. Conversavam pouco, mas o neto entendia o avô. Sentia sua presença. Adivinhava seus pensamentos. Captava a força de seu olhar.*

Akira era como você. Quer dizer, um dia ele foi percebendo que sua família vivia de um jeito muito diferente das outras famílias nos Estados Unidos. Me contaram que ele adorava a cerimônia do chá, você já ouviu falar? É muito gostoso, é tomar chá de um jeito especial, bem tranquilo... Ele também gostava muito dos arranjos de flores, iguais a esses que você tem aqui na sua casa, e dos exercícios de luta que fazia com seu avô. Parece que, durante a prática de ninjitsu, *eles não falavam um com o outro, era como se só seus corpos conversassem através dos movimentos da luta.*

Eu ficava só balançando a cabeça porque estava amando a história e não queria perder mais tempo com perguntas. Ele continuou:

— *Nos Estados Unidos era difícil para Akira e Midori encontrarem amigos. Frequentavam a escola, mas lá só ouviam piadas. Eram a única família de imigrantes japoneses numa cidadezinha do interior. O pessoal de lá tinha uma mentalidade esquisita. Achavam que os Estados Unidos eram o centro de tudo e o melhor país do mundo. Bom, na escola, as crianças caçoavam dos dois irmãos porque eles falavam com sotaque, pareciam tímidos e eram diferentes.*

Em casa, era a vez dos irmãos darem um pouco de risada dos americanos. Midori detestava boxe. Achava que era uma luta feia e desengonçada. Ela também conhecia a arte marcial dos ninjas. Era boa de luta. Meu pai me contou que seu avô um dia a fez andar pela casa toda com os olhos vendados. Midori conseguiu. Estava começando a desenvolver o poder da mente. Ele também a ensinou a atirar com arco e flecha. Ela tinha ótima pontaria. Mas isso tudo era segredo. Na escola, na aula de educação física, Midori ficava tímida e não conseguia jogar os esportes de quadra. Quando ela errava a cesta do basquete, todo mundo caía na risada e ela ficava supertriste.

Para piorar ainda mais, na escola tinha um menino terrível chamado Bobby Brown. Ele vinha de uma família que odiava estrangeiros e vivia contando vantagens. Era campeão regional da modalidade olímpica de salto com vara. Cada vez que ganhava, humilhava seus colegas de classe desafiando todo mundo para disputar braço de ferro. Era um exibido. Vencia sempre e depois fazia um monte de piadas do perdedor.

Um dia Bobby inventou uma brincadeira horrível. Sentou-se atrás da carteira de Midori e ficou puxando as tranças da menina o tempo todo. No dia seguinte, quando ela se distraiu, ele riscou um desenho que ela tinha terminado de completar no maior capricho. E, para piorar, rasgou as cegonhas de papel que ela gostava de fazer durante o recreio. O cara era um idiota.

Akira me contou que Midori nunca chorava, mas quando chegava em casa ela se recusava a comer. Akira sabia por que sua irmã ficava daquele jeito. Seu sangue fervia. Ficava com vontade de arrebentar com o tal do Bobby. Era fácil. Bastava um golpinho de nada. Mas seu pai jamais o perdoaria: ele havia estado na guerra. Era um sobrevivente, por isso odiava a violência.

Quando Akira ficava com vontade de dar uns tabefes no Bobby, e isso acontecia praticamente todos os dias, seu pai o acalmava dizendo:

— Meu filho, você é um ninja. O verdadeiro guerreiro não precisa desse tipo de luta. Ninjitsu *é a lei do silêncio. O caminho da sabedoria.*

E o avô reforçava:

— Ninjitsu *é a arte de ser invisível. O dragão negro não pode lutar por causa de picuinha de criança.*

Mas chegou um dia em que Akira procurou a irmã no recreio da escola e não a encontrou. Alguém lhe disse que ela pediu para voltar para casa mais cedo. Akira correu à sua procura. Encontrou-a trancada dentro do quarto, no escuro. Acendeu a luz. As tranças de Midori tinham desaparecido. Bobby Brown tinha picotado os cabelos dela. A menina não parava de chorar.

Foi nesse dia que Akira resolveu agir. Mas em silêncio, em paz, em segredo, como um verdadeiro ninja. Chegou para o avô e pediu assim:

— O dragão negro tem asas. Me ensine a voar, meu avô.

O velho mestre adorou o pedido. No dia seguinte iniciaram o treinamento. Como os ninjas costumavam invadir os castelos à noite, conheciam várias técnicas de salto. A primeira parte do treinamento consistiu em ensinar Akira a controlar chi, a energia vital da terra. Depois, em utilizar as técnicas de respiração e concentração. Akira aprendeu o saimenjitsu, *que quer dizer "o caminho da ponte para a mente"*. No começo ele não entendeu bem o que isso significava, então seu avô lhe ensinou que primeiro é preciso vencer a barreira dentro do espírito. Por exemplo, quando alguém acerta um alvo ou vence um grande obstáculo é porque seu corpo cumpriu um desejo aperfeiçoado na mente. Finalmente Akira conseguiu aprender a saltar. Na verdade ele tinha um plano secreto: era preciso entrar para o time de ginástica olímpica da escola de qualquer modo. No começo isso foi muito difícil. Akira não tinha a altura padrão. No final o professor de educação física só aceitou o menino baixinho em sua equipe porque se cansou de dizer não.

Quando começaram os treinos, Akira mal alcançava a marca classificatória. O professor nem imaginava que isso fazia parte do plano: o menino ninja estava só iludindo o adversário.

Quando a temporada de jogos começou, os cabelos de Midori já tinham crescido bastante e naquele mesmo ano eles teriam de enfrentar um novo rival: um cara muito rápido e forte. As pessoas comentavam que, desta vez, o páreo seria difícil. Bobby teria um adversário à altura.

Bom, ninguém me contou, mas acho que o tal do Bobby devia estar muito nervoso. Ele tinha de ser o primeirão, o maioral, tinha a obrigação de vencer a qualquer custo. No dia da competição de salto com vara, a família de Akira foi assistir à apresentação no ginásio esportivo. Cumprimentaram os pais de Bobby, mas ninguém respondeu. Então eles se sentaram quietos, compenetrados, no canto mais distante da arquibancada.

Na primeira prova, todo mundo aplaudiu Bobby porque ele havia alcançado um bom resultado. Tinha até quebrado o próprio recorde. O tal do rival se apresentou em seguida. Preparou-se. Deu a largada. Saltou. E o juiz anunciou a quebra do recorde de Bobby. Bem feito, né? Afinal, o cara estava mesmo precisando levar uma dura. Acontece que a família dele ficou muito, muito brava. Ali ninguém sabia perder. O pai de Bobby foi direto atacar o juiz. A mão levantada para aplicar um murro daqueles. O pro-

fessor de educação física entrou no meio e começou o deixa-disso.

— Mas o que aconteceu com o Akira? — perguntei, interrompendo a narrativa de Tomio pela primeira vez.

— *Bem, naquele tumulto* — contou Tomio —, *ninguém percebeu quando Akira se aproximou para preparar seu salto. O professor o viu de longe e correu em sua direção para evitar que o garoto fizesse um papel ridículo. Mas foi impedido pelo juiz.*

A plateia toda olhou para Akira, todo mundo querendo saber o que estava acontecendo. Akira encarou a plateia. Baixou a cabeça e entrelaçou os dedos em posição de kuji-kiri, *a saudação ninja, símbolo do fogo e da mente, da proteção dos elementos vitais.*

Depois, ficou imóvel por um segundo. Virou-se, respirou fundo e correu. Voou por sobre a barreira com a leveza de um pássaro. Traçou um movimento único, parecia uma lança rasgando o ar. Quando pousou, tinha quebrado o recorde de Bobby, o recorde estadual: ele tinha alcançado a marca olímpica!

Mas a história não para por aí. Depois desse dia, Midori e Akira fizeram um montão de amigos. Quem perdeu o sossego foi o velho

avô. O professor de educação física nunca mais parou de pedir que ele lhe ensinasse suas técnicas secretas.

— E o Akira?

— *Bom, o Akira, o Pequeno Dragão Negro, como nós o chamamos, nunca mais voltou a saltar. Quer dizer, não numa competição daquelas. Achava desnecessário. Detestava competição. Ele só queria mesmo era ser respeitado, se integrar, e ele conseguiu, não foi?*

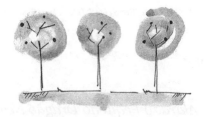

3. SOLO TROPICAL

Na minha família todo mundo sempre gostou muito de conversar. Todas as tardes, minha mãe e Maria-san sentavam-se no salão de inverno para fazer suas colchas coloridas. Amigos vinham nos visitar. Maria-san os ouvia com toda a atenção, sorrindo e balançando a cabeça. Sua presença sempre despertava a curiosidade das visitas, e histórias de japoneses eram assunto do dia.

De todas as conversas de adulto que ouvi lá em casa, houve uma que foi especialmente interessante. Maria-san preparara um belo jantar com vários pratos japoneses. Todos os convidados haviam ficado encantados com o seu talento para a culinária, o bom gosto na decoração dos pratos e da mesa. E tudo começou quando um dos convidados comentou assim:

— Eu adorei este último filme do Bruce Lee. É impressionante como o cara luta bem! Será que ele luta mesmo ou é tudo truque?

Meu pai foi logo dizendo:

— Claro que ele luta, aquilo não dá para fingir sem saber as técnicas e estilos de combate!

Como já disse, naquele tempo não havia tantas academias de artes marciais nem filmes do gênero, e o amigo de meu pai insistia:

— Eu só acredito vendo!

Então meu pai respondeu:

— Pois eu vi. Vi uma luta dessas inteirinha!

— Ah, Luiz, você está inventando. Como é que foi isso? Onde já se viu?

— Foi em Marília, quando eu ainda era estudante de direito. Vi um rapaz de origem japonesa, magro, bem-vestido, tirar uma garota para dançar no baile do clube. Ela aceitou. Os dois dançaram de rosto colado. Acho que estavam namorando. Aí apareceu o primo dela. Separou o casal e disse um montão de bobagens para o rapaz. O diretor do clube mandou os dois para fora do baile. Eu reparei que, quando o rapaz japonês saiu, mais uns dois outros amigos do tal do primo foram atrás, com jeito de que partiam para a briga. Fiquei preocupado. Achei aquilo injusto. Onde já se viu? Três contra um é briga de covarde!

— E você, metido a valentão, resolveu ajudar o tal do rapaz, não é não, Luiz?

Meu pai deu risada e continuou:

— É verdade. Se fosse para defender, eu defendia. Mas nem precisou. Aliás, quando cheguei na rua de trás do clube, vi que o rapaz japonês estava parado, cercado não por três, mas por cinco sujeitos que deviam ser da turma do tal do primo!

— Não acredito! — comentou uma amiga de mamãe.

— Bom, eu perguntei para o oriental: "Você não está precisando de ajuda?", mas ele fez sinal que não e, no mesmo instante, partiu com uma voadora para cima do tal do primo e o cara caiu no chão na mesma hora. É até difícil descrever a cena. Foi coisa de cinema. Os caras iam caindo feito moscas. Um deles voou sobre o capô do carro. O rapaz dava uns pulos incríveis, girava num segundo, parecia um boneco de borracha.

Meu tio José virou-se para minha mãe e perguntou:

— É verdade, mesmo? O Luiz não está contando lorota?

Quando minha mãe falava, com sua voz suave e gestos delicados, todo mundo parava para ouvir. Ninguém perguntava se aquilo era verdade ou mentira. Ela era uma grande contadora de histórias.

— *É que o Luiz pulou o melhor da história. Ele tem essa mania. Só quer ficar falando da luta. A confusão começou muito antes da luta. Foi assim: a menina se chamava Dulce e era filha do prefeito de Marília, vinha de uma família muito antiga, de proprietários de terras, bem conservadora. Era filha única. Criada feito princesa. Tinha*  *professora particular de francês, professora de piano, aula de pintura e trabalhos manuais, aulas de culinária francesa, não dava para acreditar. Eu sempre a via na missa: o rosto oval, olhos negros, cabelos cor de mel. A garota era linda, mas parecia meio melancólica. Desde menina seus pais diziam: "Para minha Dulce, o marido tem de ser um verdadeiro príncipe: rico, inteligente, fino e viajado!".*

A menina era tão vigiada que ninguém jamais soube direito como foi que ela conheceu Ryuichi, o rapaz do baile. O fato é que isso não só aconteceu como também se apaixonaram. Pudera! Ryuichi era lindo! Era muito simpático, alegre, brincalhão, tinha um sorriso daqueles e, por ironia, todas as qualidades que a família Assunção tanto valorizava: era inteligente, viajado, falava vários idiomas e, ainda por cima, era rico. Seu pai também tinha terras, mas cuidava delas de um jeito completamente diferente do da família Assunção. Todos trabalhavam para valer. Não tinha essa diferença entre patrões que só dão ordens e empregados que lhes obedecem. Além disso, a família dele conhecia outras técnicas de plantio. Bem, hoje a capacidade dos japoneses está mais que comprovada, inclusive na agricultura.

Mas, voltando ao problema do romance... Bem, era um namoro secreto, proibido. Por ambas as partes. A família de Dulce queria que ela se casasse com alguém de sobrenome importante no Brasil e a família de Ryuichi desejava que ele escolhesse uma moça vinda diretamente do Japão para ser sua mulher.

— Era um novo Romeu e Julieta? — alguém perguntou à mamãe.

E, antes que ela respondesse, pensei: "Aposto que vai ter *harakiri* nessa história...".

Mamãe continuou:

— Bem, as duas famílias ameaçaram deserdar e expulsar os jovens apaixonados. Foi um horror. Era preconceito de tudo quanto é lado. Mas o amor entre os dois perdurava. Eles viviam namorando escondido. Aquela luta aconteceu no dia em que os dois se reencontraram no baile depois de ficarem dois meses sem se ver. Tenho a impressão de que essa história teria terminado em tragédia não fosse pela tia-avó da garota, dona Marina.

Todos foram perguntando:

— Por quê? O que foi que ela fez?

Contente por sua plateia estar atenta, mamãe fez uma pausa, deu um sorriso e prosseguiu:

— *Bem, a história de dona Marina tinha sido muito triste. Ela era linda quando jovem, calma, prendada, teria sido uma excelente mãe de família e dona de casa.*

— E o que foi que lhe aconteceu? — quis saber o amigo de papai.

— *Ela se apaixonou por um viúvo. Um senhor muito educado, mas que tinha cinco filhos para criar. Não havia nada demais nisso, só que os pais de dona Marina cismaram em proibir. Não houve casamento. Ela ficou solteira até o final da vida. Assim como o tal do viúvo, que nunca mais se casou. Eles se viam de longe, uma vez por semana, na missa de domingo. Olhavam um para o outro com tanta tristeza... Dava pena de ver.*

Bem, quando dona Marina viu que tudo estava para se repetir com sua sobrinha preferida, chamou Dulce para uma conversa secreta no quarto e prometeu ajudá-la a resolver a situação.

É claro que Dulce aceitou a ajuda da tia. Aliás, a atitude de dona Marina, sempre tão re-

catada, foi uma imensa surpresa para ela. A garota não conseguia acreditar. Enfim, o importante é que ambas arquitetaram um plano. Quando chegou a noite do Natal e a família toda estava entretida nos festejos de sempre, dona Marina chamou a sobrinha de lado e lhe pediu que concordasse com tudo o que ela ia dizer.

Na hora da ceia, dona Marina disse a todos que amava Dulce como se ela fosse uma filha e por isso ia lhe dar uma viagem de navio para a Europa. Todos concordaram.

Acontece que, antes de partirem em viagem, dona Marina teve uma conversa com Ryuichi. Embarcaram os três juntos. O casamento foi celebrado durante a viagem, tendo dona Marina como principal testemunha. Quando regressaram, meses depois, Dulce já estava esperando seu primeiro bebê. Dona Marina fez um testamento no qual deixava todas as suas propriedades para o casal. Assim, eles começaram uma nova vida.

O nenezinho era lindo. Foi um dos primeiros nisseis de Marília. Ryuichi era supertrabalhador. Transformou as terras que dona Marina lhe havia doado em maravilhosas plantações de árvores frutíferas. Era uma beleza de ver. Ele gostava de dizer que o solo tropical era presente dos deuses.

Quando o bebê fez um ano e Dulce já estava grávida do segundo filho, todos já haviam feito as pazes. A família japonesa e a família brasileira. Agora só discutiam para ver quem é que passava o final de semana com o neto.

— Nossa! É bom ouvir uma história de amor com final feliz! — disse meu tio José.

— Concordo — afirmou papai.

E todos se levantaram para jantar. Durante a sobremesa, quando eu já estava ficando um pouco cansada e sonolenta, pensei que aquelas crianças de Marília também seriam pequenos dragões negros. Crianças especiais, sábias, mágicas, frutos da união de pessoas vindas de mundos diferentes e distantes. Muita coisa havia se passado desde a história da família de ninjas que Tomio me contara. No lugar de *harakiri*, um monte de filhos correndo entre pés de laranja e limão. Eu gostei dessa imagem e adormeci com isso na cabeça.

De vez em quando essa história ainda volta à minha memória, misturada com as lembranças de Maria-san, e sempre me dá mais alegria e certeza na vida.

Também me lembro que, por estar muito tocada com o romance dos jovens, no dia seguinte me sentei ao lado de Maria-san enquanto ela fazia crochê e contei-lhe tudo. Ela assentia com a cabeça sem dizer nada. No final, eu lhe perguntei:

— Então, Maria-san, o que foi que você achou dessa história?

— Bom — ela respondeu, e saiu andando para se ocupar de outra coisa.

35

Assim era ela. Poucas vezes a vi zangada. Quando isso acontecia, tinha a ver com algum gato ou cachorro que teimava em não lhe obedecer. Era engraçado vê-la perder a paciência. Principalmente quando dava bronca em nossa cadela. Ela dizia com seriedade:

— Você precisa aprender a ser inteligente. Você é boba demais. Não é possível ser assim. Seu Luiz vai perder a paciência. Você vai ficar presa, de castigo. Precisa aprender a ser mais inteligente.

Maria-san era capaz de passar muito tempo observando e conversando com animais. Demonstrava um enorme respeito por eles. Era diferente da maioria das pessoas, que brincavam com os bichos, os alimentavam, mas sempre os consideravam seres inferiores.

E, curiosamente, os animais pareciam compreender exatamente o que ela lhes dizia. Nossos cães se sentavam à sua volta no jardim. Abanavam a cauda, estendiam-lhe as patas como se a cumprimentassem quando ela lhes falava.

Lembro-me nitidamente de Maria-san sentada ao sol da manhã, contemplando um cacto — ela gostava de fazer vasos contendo cactos e orquídeas —, e os cães espalhados, refestelados, adormecidos ao seu redor.

Creio que só comecei a compreender sua amizade com os animais e as plantas quando cresci e me transformei numa adolescente.

4. O CAMINHO DO MEIO

Ser adolescente é sempre uma grande aventura. Ser adolescente nos anos 60 foi uma louca aventura. Eu cresci vendo meus amigos deixarem os cabelos alcançar a cintura, começarem a apaixonar-se por *rock* americano ou música popular brasileira, principalmente a da Bahia. Eu cresci vendo muitos amigos meus tendo discussões terríveis com seus pais. Naquela época, os pais, para demonstrar preocupação e afeto, proibiam os filhos de praticamente tudo, talvez pelo fato de o mundo ordeiro que eles haviam conhecido estar virando de pernas para o ar.

Lá em casa as brigas eram raras, embora sempre reinasse uma grande confusão. De vez em quando meu pai se irritava com algum amigo meu. Achava muito estranho os jovens usarem cabelos compridos, batas indianas e anéis. Brincos então, nem pensar! Acontece que a maioria de meus amigos era assim, por isso ele vivia reclamando que eu só andava com *hippies*, cabeludos, que ele mal conseguia distinguir as meninas dos meninos, que isso não era possível.

Hoje, lembrando-me daquela época, acho que meu pai e eu discutíamos porque isso era uma espécie de moda daqueles tempos. Na hora das grandes decisões, nós nos sentávamos e conversávamos muito. Além disso, tínhamos várias paixões em comum: o amor pelas viagens, pela leitura, pelos animais, pelos esportes, pelo ritual de contar histórias.

Quando meu pai e eu discutíamos, Maria-san esperava pelo final da conversa e depois dava um jeito de me aconselhar:

— Seu Luiz, homem bom. Nunca bateu em criança. Ajuda muita gente. Trabalha bastante.

— Mas, Maria — eu protestava —, ele fica implicando com meus amigos!

— Seu Luiz gosta de falar. Também gosta um pouco de gritar. Mas seu Luiz, homem bom. Filho também precisa ter paciência. Não é só pai que precisa ter paciência.

Às vezes eu tinha a impressão de que Maria-san tinha um radar com antenas que a instruíam sobre as pessoas especiais e as pessoas sem responsabilidade ou consideração. Devo confessar que, na verdade, eu adorava discutir e contestar as opiniões de meu pai, era quase uma espécie de jogo para mim. Mas, se Maria-san me desse algum sinal de que não gostava de uma pessoa que eu tivesse convidado para vir em casa, bem, eu pensava duas vezes antes de trazê-la novamente.

Isso aconteceu raríssimas vezes. Me lembro muito nitidamente de um episódio desses. Foi assim: Maria-san cumprimentou uma amiga minha, que por sinal era exteriormente muito bem-arrumada, educada e comportada, e, quando ela se foi, disse apenas:

— Essa amiga, não bom. Procura outra melhor.

Eu obedeci ao seu conselho. E fiz bem. Porém, o contrário também acontecia. Lembro-me que tinha um amigo meio atrapalhado, mas muito querido, que vivia me convidando para passar o domingo no Parque do Ibirapuera. Papai vivia inventando desculpas para que eu não saísse com ele. Porém, sempre que ele me visitava, Maria-san lhe servia chá e sonhos, que, aliás, ela fazia como ninguém. Ela o cumprimentava sorrindo, e eu percebia o quanto o apreciava. Certo domingo meus pais viajaram, e eu, como sempre, fiquei em casa com Maria-san. Meu amigo chegou, me convidou para passear, e ela me deu permissão para sair. Meus pais voltaram antes de mim.

Meus pais gostavam muito de repetir o estranho diálogo que tiveram com ela:

— Maria-san, onde está Juliana? — ele quis saber.

— Saiu com amigo — ela respondeu simplesmente.
— Que amigo é esse, Maria-san? — ele insistiu.
— Moço bom. Não precisa preocupar.
— Como é que ele se chama, Maria-san? — perguntou meu pai.
— Nome de não sei — respondeu ela.

Minha mãe, percebendo que papai estava muito exasperado e que Maria-san parecia decidida a dar-lhe uma lição, resolveu intervir:

— Então, Maria-san, como era esse tal amigo da Juliana? De que cor era o cabelo dele? Era alto ou baixo, gordo ou magro?

Maria-san olhou calmamente para meu pai e declarou:

— Nem alto nem baixo, nem gordo nem magro, olho e cabelo cor de não sei. Menino bom. Eu sei.

Bem, João Pedro e eu somos amigos até hoje, vinte anos depois daquela conversa. Como sempre, Maria-san tinha razão.

Aqueles anos da moda *hippie* eram curiosos. Havia uma espécie de ditadura da aparência. Como? Era simples: se a pessoa tivesse um modo tradicional de se vestir, era "careta" e, portanto, os adultos a aprovavam. Mas era preciso que essa pessoa andasse entre os iguais, isto é, os "caretas" como ela. Para ser *hippie* era preciso vestir o uniforme: camiseta justa, calça boca-de-sino, saia longa colorida, cabelos longos e rebeldes. Quem não fosse nem *hippie* nem sequer "careta" ficava sempre em apuros, sem saber direito para onde ir ou de quem ser amigo.

E, quanto mais eu crescia, mais eu percebia que o mundo ia além das aparências. Curiosamente, um dos livros mais instigantes e inesperados de minha adolescência foi presenteado por nossa vizinha, dona Cinira.

Dona Cinira era uma senhora simpática, falante, com uma vida bastante regrada, uma casa absolutamente impecável, que sempre vinha tomar chá ou cafezinho com mamãe e falar sobre amenidades.

Certa vez eu apanhei um resfriado forte, que se transformou numa crise de bronquite, e ela resolveu me visitar. Sentou-se à beira da minha cama e disse apenas:

— Eu tenho um livro aqui. É meu livro de cabeceira. Não sei por quê, mas acho que ele seria bom para você.

O livro se chamava *O caminho do meio* e tratava da filosofia oriental, chamada zen-budismo. Para a maioria dos meus amigos, dizer que alguém era "zen" ou "budista" significava que a pessoa era calma. Naquela época estava na moda ter interesse por filosofias alternativas e, principalmente, orientais. Mas, conforme já contei, eu não ganhei o livro de nenhum deles, mas de uma tranquila senhora, amiga de mamãe.

Estudar zen-budismo me fez entender duas coisas importantes. A primeira, vocês

41

podem adivinhar, é que as aparências enganam. Dona Cinira era uma tranquila dona de casa, mas sua mente era um turbilhão: viva, inteligente, com enorme curiosidade sobre a vida e as pessoas. A segunda coisa é que Maria-san era totalmente "zen", uma adepta do caminho do meio.

O livro afirmava que o caminho do meio é o caminho da integração. Que a maior parte das pessoas passa a vida tentando separar tudo em categorias: as coisas que valem ou não a pena, quem é do bem e quem é do mal, quem é vencedor e quem é perdedor. Porém o caminho do meio é acreditar que as coisas se misturam, se completam e que ninguém anula ninguém.

Gostei de tudo isso. Achei que era verdade. Maria-san completava minha família e minha família a completava também. Meu pai era descendente de espanhóis, nervoso, agitado. Eu percebia que Maria-san apreciava essa energia de força que ele emanava. Por outro lado, minha mãe se sentia segura diante da tranquilidade de Maria-san.

Quando acontecia alguma crise familiar, problemas financeiros, mortes, decepções, Maria-san dava um jeito de preparar uma refeição maravilhosa ou vir nos mostrar um vaso de flores no qual uma bela flor havia desabrochado e, com seus gestos simples, breves, nos lembrava de que a vida continua e que sempre existem coisas boas de se ver e viver.

Talvez por causa disso, quando ela adormeceu e serenamente morreu, não houve desespero na família, apesar da imensa saudade que imediatamente sentimos. Nunca soubemos a quem deveríamos escrever no Japão, anunciando sua morte. Ela foi enterrada no jazigo de nossa família.

Lembro-me de como, pela primeira vez, senti que a morte pode ser uma experiência de beleza e tranquilidade. Eu já tinha meu primeiro filho quando isso aconteceu. Na manhã do enterro o dia amanheceu lindo. Nós não conhecíamos nenhum budista, por isso foi um padre católico que a abençoou. E ouvia atentamente as palavras do sacerdote quando percebi que muita gente chegava para despedir-se dela: tios, primos, meus avós, vizinhos, meus amigos. Foi emocionante.

Quando estávamos caminhando de volta para o estacionamento, um senhor japonês deteve meus pais e perguntou:

— Quem era essa senhora Harada? Vocês são sua família?

Minha mãe fez que sim com a cabeça.

— Mas vocês são brasileiros... — ele disse, curioso.

— É uma longa história — meu pai respondeu, e despediu-se dele.

Na semana seguinte, uma funcionária do consulado japonês telefonou lá para casa pedindo para marcar uma visita. A família reuniu-se para recebê-la, e ela nos disse:

— Eu soube que dona Toyoko Harada morava em sua casa como se fosse uma parenta. Isso é muito raro de acontecer. Uma senhora japonesa numa família de brasileiros. Nós gostaríamos que vocês nos contassem como aconteceu essa união para que pudéssemos registrar essa amizade. Estamos fazendo um histórico dos primeiros imigrantes japoneses no Brasil e queremos incluir esse episódio em nosso livro. Depois ele será publicado também no Japão. Vocês sabem em que navio ela veio?

Nós não sabíamos. Aliás, nós não sabíamos nada além do fato de que a amávamos muito. A moça nos fitou espantada e, depois, talvez para superar o silêncio que tomou conta de todos nós, ela começou a nos contar o seguinte:

— *Neste século a emigração japonesa foi muito grande. Milhares de japoneses vieram para o Brasil. Os primeiros chegaram num navio chamado* Kasato Maru, *no dia 18 de junho de 1908.*

A maioria veio trabalhar nas fazendas de café no estado de São Paulo. Alguns optaram pelo comércio ou outras atividades para conseguir viver aqui.

No início foi difícil para os japoneses, porque tudo era diferente: a língua, a escrita, a comida, os hábitos, os trajes e as tradições. Mas depois as culturas foram se integrando e, hoje, numa cidade como São Paulo, podemos ver a influência japonesa com muita clareza, não é mesmo?

A jovem ia falando, falando, contando sobre outras famílias de imigrantes e eu fui sentindo uma vontade absurda de lhe mostrar uma colcha feita por Maria-san. Corri até o armário, mostrei-lhe o trabalho. A jovem ficou maravilhada com as cores e os desenhos.

Lembro-me que, nesse exato momento, ao ver a colcha desdobrada no colo da jovem japonesa, finalmente percebi que aqueles espaços vazios eram espaços de segredo, triângulos e quadrados de silêncio, lugares que apenas a imaginação e a sensibilidade podem preencher.

Uma ideia foi se formando na minha cabeça. Eu já havia começado a escrever profissionalmente e cheguei à conclusão de que a melhor homenagem que eu poderia prestar a Maria-san seria a de transformá-la em personagem de uma história. Me recordei de minha lenda favorita: a do famoso rei Artur. Nela há um diálogo em que Merlim declara ao rei que ele será eterno.

— Nunca morrerei? — pergunta Artur.

— Morrerá, sim — responde Merlim —, mas vencerá a morte.

— Como? — indaga o rei.

— Transformando-se numa história — responde-lhe o mago.

Concordo com Merlim, o velho sábio. Quando alguém se transforma numa história, sua presença se multiplica e permanece sempre viva no coração de todos os que a ouviram ou leram. Esta é a magia da palavra. A única que tento praticar. Espero que o encanto de minha querida Maria-san os envolva iluminando suas mentes, para que sejam capazes de apreciar a profunda sabedoria da montanha, a leveza do salto de um tigre e a força mágica de um dragão negro.

AUTORA E OBRA

Na atribulada infância de Heloisa Prieto, férias era sinônimo de fazenda, o que, por sua vez, significava lugar de ouvir muitas histórias.

Neta de espanhóis e baianos, Heloisa cresceu num ambiente em que as histórias emocionantes de Lampião e Maria Bonita conviviam pacificamente com casos sobrenaturais dos fantasmas das vítimas da gripe espanhola que sua bisavó Maria Prieto lhe contava.

O legado da tradição oral do Brasil e Europa herdado da família enriqueceu-se ainda mais por meio da convivência com Toyoko Harada, a "avó" japonesa que o acaso trouxe à sua casa.

O respeito pelas diferenças culturais, a tolerância e a solidariedade, bem como o amor pelas lendas e mitos de todo o mundo constituem a marca de seu trabalho como escritora para jovens.

Autora de *Balada, Divinas Aventuras, Magos, Fadas e Bruxas, Lá Vem História, O Livro dos Medos, Mata, Mil e Um Fantasmas,* entre outros títulos, Heloisa atualmente escreve a série *Mano descobre...* em coautoria com o jornalista Gilberto Dimenstein e coordena a coleção de crônicas *Vida à Vista,* da qual fazem parte os autores: Tatiana Belinky, Fernando Bonassi, Carlos Heitor Cony e Paulo Bloise.

Mestra em Comunicação e Semiótica (PUC), Heloisa é doutora em processo de criação de roteiros cinematográficos além de pesquisadora do laboratório do estudo do manuscrito literário (USP).

Vários livros seus têm recebido prêmios, sendo que o mais recente deles, prêmio Sesi, possibilitou a encenação da adaptação teatral de *Mano descobre o Amor*, pelo diretor Naum Alves de Souza.